AF461689

POÉSIES DIVERSES

PAR

LE CHEVALIER DE VEAUX,

Capitaine-adjudant du Palais impérial de Fontainebleau.

MELUN,

H. MICHELIN, IMPRIMEUR DE LA PRÉFECTURE,

Rue de l'Hôtel-de-Ville.

1862.

POÉSIES DIVERSES

PAR

LE CHEVALIER DE VEAUX,

Capitaine-adjudant du Palais impérial de Fontainebleau.

MELUN,

H. MICHELIN, IMPRIMEUR DE LA PRÉFECTURE,

Rue de l'Hôtel-de-Ville.

1862.

AVERTISSEMENT.

Beaucoup de choses qui ne valent pas grand'chose.

J'ai plus usé de pantalons de cuir sur la selle de mon cheval que de culottes de velours sur les bancs de l'école.

POÉSIES DIVERSES.

ODE A L'EMPEREUR NAPOLÉON III,

DANS UNE VISITE QU'IL FIT A FONTAINEBLEAU.

Drapeaux, arcs de triomphe, une noble pensée
En vous couvrant de fleurs entrevoit l'avenir.
Au loin, les cris joyeux de la foule empressée
Font redire aux échos : l'Empereur va venir !
Fontainebleau l'attend, le sauveur de la France.
La jeune Impératrice apparaît..... doux rayon
D'une divine étoile au ciel de l'espérance :
L'étoile de Napoléon !

Vers celui que l'amour d'un grand peuple environne,
Le pays tout entier, en élevant la voix,
Fit de ses vœux puissants resplendir la couronne
Qui brille sur le front de Napoléon trois.
L'Empire, c'est la Paix, dit la voix qui féconde,
Cette voix reflétant la plus douce raison,
Et le destin bénit, pour le repos du monde,
L'olivier de Napoléon.

Mais si son cœur proscrit les malheurs de la guerre,
S'il détourne sans peur le hasard des combats,
Du sol que fait fleurir son regard tutélaire,
S'il était menacé, sortiraient des soldats,
Et, de nos trois couleurs avec orgueil drapée,
L'aigle retrouverait son vol superbe et prompt ;
Le sceptre de la paix deviendrait une épée
Dans la main de Napoléon.

Le commerce, les arts, fraternelle industrie,
Le marin, orgueilleux de la mer qu'il dompta,
Le guerrier, l'ouvrier, tous ont une patrie
Sous l'aile du progrès qu'un mot ressuscita.
La France du travail honore les conquêtes,
Et sur sa lyre d'or aime à dire un grand nom;
Dieu sourit à sa gloire, au héros de ses fêtes,
Dieu protége Napoléon.

La grâce qu'on admire, une bonté divine,
S'unissant par l'hymen à son vaste pouvoir,
Napoléon nous donne une autre Joséphine
Sous les traits du Printemps qui plaît sans le savoir;
C'est la fleur de beauté qui nous offre un fleuron,
C'est l'espoir de la France inspirant le génie,
A côté de Napoléon.

A SON ALTESSE IMPÉRIALE

LE PRINCE LOUIS-NAPOLÉON.

Vieil enfant d'Austerlitz, j'ai vu Mars sur la terre
Préluder à la paix en lançant son tonnerre;
Dans le législateur, j'ai vu l'homme guerrier
Sur le champ de victoire attendre l'olivier;
A sa puissante voix renaître l'industrie,
Les beaux arts exilés rentrer dans leur patrie,
Et l'aigle des CÉSARS, trahi par des ingrats,
S'envoler vers les cieux, pleuré par ses soldats.
Tout un peuple a voulu rajeunir son histoire.
L'héritier de son nom, le sera de sa gloire;
Et, pareil au phénix, l'aigle mort indompté
Vient planer sur le sein qui l'a ressuscité.
Au grand jour de décembre apparut un génie
Qui de son bras puissant balaya l'anarchie;
Français, pour ce beau jour qui n'a pas son égal,
Offrons tous à LOUIS le sceptre impérial!

LE PARTERRE DE FONTAINEBLEAU.

—

Dans ce parterre où Flore a fixé son empire,
Que j'aime à savourer l'air que l'on y respire
Jusqu'au jour où Zéphyr y prodigue ses dons
Pour en être chassé par les noirs Aquilons.
Bientôt du mois de mai l'haleine parfumée
Va caresser la fleur sur sa verte ramée ;
Les nuages du nord, ne voilant plus les cieux,
Nous offrent de Phœbus les rayons lumineux.
Le *citron* de Linné, qu'attristait son veuvage,
Aux roses du matin rend un premier hommage,
Et ce bijoux des airs, en prenant son essor,
Voltige en nous montrant son corset tissu d'or.
Quel coup d'œil ravissant que ces larges corbeilles
Du grand art des Souchet odorantes merveilles,
Et ces bassins de marbre, aux contours gracieux,
Reflétant dans leurs eaux l'immensité des cieux.
Là, le lys argenté lève son front superbe,
Pour ombrager la fleur qui se cache sous l'herbe ;
Cette fleur, du printemps le plus modeste atour,
Se trahit par l'odeur qu'elle exhale à l'entour;
Mieux que riche bijoux, aimable violette,
Tu rajeunis le sein de la vieille coquette,
Et les soldats français, pour honorer ton nom,
Te donnèrent jadis au Grand Napoléon.

Là ne se borne pas les dons de la nature :
Dans le bois, dans les fleurs on rencontre une armure ;
Pour s'armer d'une lance on prend le bois de fer,
Avec laquelle on peut combattre Lucifer.
Voyez le fier glaïeul à la lame tranchante,
Offrant de la vedette une image vivante ;
Et dans les premiers temps le peuple oriental
Emprunter son armure au règne végétal.
Heureux, cent fois heureux, le mortel de génie
Qui des présents du ciel soigne la douce vie.
Jadis un grand monarque admirait les jardins
Qui devant Trianon formaient mille dessins ;
Pour rappeler ici les travaux de Lenôtre,
Fontainebleau dira : N'avons-nous pas le nôtre !

LA NYMPHE DES EAUX DE BOURBONNE-LES-BAINS.

Venez, chantre des bois, orchestre du village,
Illustrez ce bosquet par votre doux ramage ;
Chantez ! que la beauté qui dort près de ces lieux
Tressaille de plaisir en ouvrant ses beaux yeux.
Odorante oasis, offre lui ta verdure ;
Ruisseau, viens la charmer par ton léger murmure.
Il ne faut pas chercher en mille endroits divers,
Ni tourner le feuillet, le vrai sens à l'envers,
Elle a son nom placé sur le coin de ces vers.

LE RUISSEAU ET LE BOSQUET DE Mlle VICTORINE.

Variante.

Vous quittez le sommeil dès que la jeune Aurore
Imprime ses rayons sur votre clair ruisseau;
Ce bosquet, frémissant sous l'haleine de Flore,
Tout en vous et pour vous embellit ce tableau.
Orphée, aux doux accents de ta lyre divine,
Redis ces faibles vers; ils sont pour Victorine,
Ils sont pour la vertu qui réside en ces lieux,
Ne trouvant de bonheur qu'à faire des heureux ;
Elle a son cœur ici, son âme est dans les cieux.

TRIANON.

—

Rustique et beau châlet, la tendre La Vallière
Roucoulait ses amours sur ta verte fougère,
Quand son royal amant, au déclin d'un beau jour,
Venait s'y délasser des travaux de la cour;
Dans ce champêtre asile, acacias, votre ombrage
Protégea des amours le plus bel assemblage,
Et dans votre onde pure, au cristal argenté,
Louis vit refléter les traits de la beauté.

Jamais l'éclat du Louvre, où brillait tant d'audace,
Offrit-il au monarque une plus riche place?
Là, les lauriers de Mars n'ornent plus ses cheveux,
Le Belge, le Flamand, le Hollandais brumeux,
N'ont plus à redouter sa marche triomphale,
Hercule désarmé va filer près d'Omphale,
Et sur son cimier d'or, sa cuirasse d'acier,
Vénus vient apposer le myrte et l'olivier.

PASSAGE

DE LA PRINCESSE CLOTILDE NAPOLÉON

A FONTAINEBLEAU.

Un rayon lumineux a passé sur nos têtes;
Il vient pour éclairer la plus belle des fêtes.
Bergères, épuisez vos corbeilles de fleurs,
Tressez-les en festons parmi nos trois couleurs;
Un anneau nuptial enchaîne la croix blanche
A l'aigle impérieux qui plane sur la France.
Fontainebleau, pour toi fut-il un plus beau jour
Pour exprimer tes vœux, ton respect, ton amour?

Contemple dans tes murs ton prince qui s'allie
A la plus belle fleur de la belle Italie;
Sa noblesse, sa grâce unie à la beauté,
De la fille des rois nous peint la majesté.

Entendez-vous la voix de la foule empressée?
Cette voix, reflétant la plus douce pensée,
Par ses joyeux accents cimente l'union
De Clotilde au neveu du Grand Napoléon.
Du manoir impérial on vient d'ouvrir la grille,
Tous les cœurs sont émus, partout la gaieté brille.

La trompette a sonné, le tambour bat aux champs;
L'enceinte du palais offre l'aspect de camps:

Fantassins, cavaliers, transportés d'allégresse,
Rivalisent d'ardeur pour fêter la princesse;
En avant sont placés nos vaillants voltigeurs,
Appuyés sur leurs flancs par nos brillants chasseurs;
Près l'escalier d'honneur un carrosse se range,
Nos yeux émerveillés voient apparaître un ange.

Jamais, dans ses beaux jours, notre antique palais
Reçût-il en son sein de plus brillants attraits?
Ce bel ange terrestre est la noble Clotilde,
Ayant à ses côtés la princesse Mathilde,
Providence du pauvre et dont la charité
Doit couronner le nom dans la postérité.

ÉPISODE DU SIÉGE DE BADAJOS.

Muse, prête à ma voix une mâle harmonie ;
Je parle d'un guerrier, colonel du génie,
Qui, sous l'aigle indompté du Grand Napoléon,
Conquit à Badajos un immortel renom.
C'était au mois d'avril de l'an mil huit cent douze,
Mois charmant où jadis, sur la verte pelouse,
De fleurs et de rubans ornant son sombrero,
L'Espagnol, né galant, dansait le bolero.
Mais les temps sont changés, et l'implacable guerre
Va par des flots de sang arroser cette terre.
Dès que, dans les deux camps, le vigilant tambour
Vient à coups redoublés battre le point du jour,
Le Français, intrépide au milieu des alarmes,
A ce premier signal a ressaisi ses armes,
Tandis que, par le feu de l'ardente liqueur,
Nos ennemis ligués abreuvent leur valeur.
Le soldat britannique au combat se prépare ;
Qu'il tremble ! à nos canons commandera Lamarre.
Il voit sans s'émouvoir les bataillons épars
Des bords du Revillas menacer nos remparts.
A peine dans les cieux les mourantes étoiles
Annoncent que la nuit a replié ses voiles,
Que déjà du mortier les messages de mort
Menacent d'embraser et la ville et le fort.

Dans ce moment suprême, au flanc d'une crevasse,
Lamarre a fait placer une immense fougasse,
Et si, cédant au nombre, il doit quitter ces lieux,
Il veut que l'ennemi reçoive ses adieux.
Que du moindre soupçon la gloire le délivre;
Vivre sans gloire, lui, plutôt cesser de vivre!
Donnant à ses soldats un héroïque essor,
Jusqu'au dernier soupir il veut tenir encor,
Et quand par vingt contre un il voit couvrir la brèche,
Du cratère infernal il allume la mèche;
Lui-même y met le feu, et, prompt comme l'éclair,
De fourneau fait sauter deux mille Anglais en l'air.
Malgré ce coup d'éclat où brille tant d'audace,
Il faut céder au nombre, il faut céder la place;
Mais le chef des Anglais, en soldat généreux,
Adresse cet hommage au guerrier valeureux :
« Ainsi que ton honneur, conserve ton épée (1),
« A l'égal de ton âme elle paraît trempée.
« Si pendant le combat nous fûmes ennemis,
« Quand le canon se tait nous devenons amis. »

(1) Historique.

VERS A UN RIMAILLEUR DE MA FORCE.

Indocile écrivain, puisqu'enfin ta démence
Est telle qu'on ne peut t'inviter au silence,
Continue à charmer les modernes Midas
Par tes vers, longs et plats, qu'ils ne comprennent pas,
Triste prose rimée, et faible et décrépite,
Qui sera pour les sots une œuvre de mérite.
Ils ne s'informeront si tu viens du Japon,
Comme dit un auteur, pour trouver un chapon,
Vanteront ton esprit, délicat et sublime,
En laissant de côté le bon sens et la rime;
Mais nous, qui voyons clair, dis-moi, pauvre croquant,
Pourquoi vouloir rimer et passer pour savant,
Quand ton pauvre cerveau, dépourvu de génie,
Nous prouve que tu n'es qu'un roussin d'Arcadie?
On connaît, à Paris, le quartier des Lombards,
Antique rendez-vous des Cotins, des Ronsards,
Qui, pour plaire aux laquais, moyennant faible lucre,
Faisaient briller leurs vers sur des boîtes à sucre.
Ainsi, pour t'égaler aux Perrins, aux Pradons,
Mets tes vers en spirale autour des mirlitons;
Ils seront toujours bons, et ton aréopage
Pour les faire admirer donnera son suffrage.
Mais, veux-tu m'écouter? Las d'amuser les sots
Laisse dormir Pégase et fais-nous des sabots (1).

(1) Il était sabotier.

CONSIGNE POUR MADEMOISELLE MODESTE.

Chaque matin tu laveras
Figure et mains très-proprement ;
Soutane et chapeau brosseras,
Afin que durent longuement ;
Mon déjeûner tu serviras
Après l'office incontinent ;
A mon vin blanc ne toucheras
Que pour l'apporter seulement ;
Eau fraîche et piquette boiras,
Pour te conserver sagement ;
Oncle ou neveu ne recevras,
De crainte de quelqu'accident ;
L'anse du panier ne feras
Danser à mon grand détriment ;
A la porte n'écouteras
Sous peine de grand châtiment ;
Dans mon jardinet soigneras
Les fleurs qui naissent au printemps ;
Au maître-autel les placeras
Toujours très-symétriquement ;
Aux pauvres l'aumône feras,
Si l'aumônière est au courant ;
Ce faisant, au ciel monteras
Tout droit indubitablement ;
Ou, sinon, broche tourneras
En enfer éternellement.

LA MÉDAILLE DE CRIMÉE.

Médaille de Crimée, authentique alliance,
Qui pour jamais unit l'Angleterre à la France,
Tu brilles sur le sein de nos vaillants soldats,
Qui du soc nourricier volèrent aux combats,
Dans un pays lointain pour y porter la guerre,
Affrontant les périls d'un glacial hémisphère.
Quel plus heureux destin, pour le cœur d'un guerrier
Qu'une puissante reine a nommé chevalier,
Que celui de montrer, rentrant dans sa patrie,
L'insigne glorieux de sa chevalerie.
C'est en vain que Neptune, à la fourche d'airain,
Aux flots tumultueux n'oppose plus de frein ;
Le soldat, le marin, tous avides de gloire,
Braveront les Autans, guidés par la victoire.
Quel coup d'œil imposant de voir trois cents vaisseaux
Du Bosphore étonné se mirer dans les eaux.
Le léopard anglais, à la face sévère,
S'unit à l'aigle altier qui porte le tonnerre.
Sur *le Britannia* l'ombre du fier Nelson
Va du brave Dundas diriger le canon.
De Duquesne et Tourville, à la gloire fidèle,
Planent sur nos vaisseaux les ombres immortelles.
Navire d'Hamelin, ton brillant étendart
Va flotter aujourd'hui sur un nouveau Jean-Bart.
Anglais, Sardes, Français, marcheront de conserve ;
Volez au champ d'honneur, l'univers vous observe ;

Marchez sous lord Raglan et Baraguey-d'Hilliers,
Tous deux couverts de gloire et couverts de lauriers!
Illustres mutilés dans les champs de Bellonne,
Offrant leur dernier bras dès que le canon tonne,
Et le vaillant Cambridge au sang des rois bretons,
Canrobert, Pélissier, et tant d'illustres noms,
Au baptême du feu signalant leur vaillance,
Ont pour jamais uni l'Angleterre à la France.

MA DERNIÈRE ÉTAPE.

Sans marbre, sans caveau, sans fauteuil ni sans chaise,
Je vais loger ce soir chez le Père La Chaise.
Allons, chers compagnons, il faut se dire adieu,
Confesser ses péchés, rendre son âme à Dieu.
Pour mes pareils, sachez qu'il n'est point de paresse;
N'importe en quel champ clos, s'il faut que j'y paraisse,
Il serait malséant d'attendre au lendemain;
Je pourrais, comme un autre, être très-lent demain.
On redoute la mort? La mort, je fais fi d'elle!
Mais à mes premiers vers voulant rester fidèle,
Je veux qu'un vieux chiffon, composé de lin seul,
Dans le charnier commun me serve de linceul.

DISCOURS

Prononcé par le Capitaine, à Fontainebleau, à l'occasion d'un service funèbre qui fut célébré le 5 mai, anniversaire de la mort de Napoléon-le-Grand, par les médaillés de Sainte-Hélène.

—

Mes chers et anciens compagnons de guerre,

L'auguste cérémonie à laquelle nous allons assister aux pieds des saints autels est commémorative et digne du Grand Homme qui les a relevés quand le démon d'une affreuse anarchie les avait abattus ; c'est donc une dette sacrée que nous devons à sa mémoire, en nous réunissant dans le saint lieu pour lui offrir un pieux hommage de notre souvenir et de notre sincère reconnaissance, comme Français d'abord et comme soldats, nous, vieux remparts de granit de son arc de triomphe, décrénelés, à la vérité, par les rudes transitions atmosphériques du nord au midi, mais rajeunis aujourd'hui quand sur nos poitrines cicatrisées on lit :

« *A ses compagnons de gloire !* »

Ceci, braves camarades, s'adresse aux maréchaux de France comme aux simples tambours ; car le grand capitaine savait que tous moissonnaient des lauriers sous ses yeux ou mordaient la poussière.

Eh ! comment pourrions-nous oublier, au sein de notre chère patrie, l'illustre mortel qui, près d'expirer sur une terre étrangère, tournant ses derniers regards vers la France, sembla vouloir ralentir un instant l'effet de la faux meurtrière, pour prononcer ces paroles sublimes qui retentiront avec son nom dans les échos des siècles futurs : « Compagnons de ma gloire, que la voix du bronze des « camps, qui vous fut si familière, embrase toujours vos « cœurs, qu'une médaille de ce métal soit à votre bouton- « nière, et que dans les villes et hameaux on dise quand « on vous conduira au bivouac éternel :

« *Il était de la grande armée !* »

Ce furent les dernières paroles du héros, et là s'éteignit, sur un rocher sauvage, le phare lumineux qui éclaira la France par son vaste génie en l'illustrant par ses victoires ; il s'éteignit comme les derniers rayons d'un soleil mourant dans les flots du vaste Océan.

Les volontés du Grand Homme, sous un règne ordinaire, pouvaient ne pas être exaucées ; mais le délégué de la divine Providence, escorté par sept millions de suffrages, qui ont spontanément scellé son trône invulnérable, le délégué de l'honneur et du vrai patriotisme monta sur ce trône plein des vertus de Louis XII, de l'esprit chevaleresque de François Ier, portant pour dragonne à son épée la clé du temple de Janus. Notre Empereur a religieusement accompli les vœux du Grand Homme, aux acclamations du grand peuple.

Officiers, sous-officiers et soldats, mes chers et anciens compagnons de guerre, une voix plus éloquente que la mienne aurait plus dignement fait ressortir l'éclat des lauriers dont vous avez orné vos fronts et fixé les regards du monde entier ; mais ne nous quittons pas sans jeter un coup d'œil d'admiration sur ce brave commandant Rouyer, dont quatre-vingts hivers paraissent être pour lui quatre-vingts printemps ; sa riche conformation l'a conduit depuis les Pyramides, sous le jeune général Bonaparte, jusqu'en Italie, en Autriche, et de Moscou jusqu'ici. Honneur à notre doyen ! Vive à jamais dans nos cœurs le souvenir de l'Agamemnon français, du chef de tant de rois. Vive Napoléon III ! l'Impératrice, que Dieu compte ses jours par ses vertus.

LES DRAGONS DE L'IMPÉRATRICE.

(Ce beau régiment a été créé à Fontainebleau.)

Les dragons de l'Impératrice,
Jeunes soldats et vieux guerriers,
Descendaient souvent dans la lice
Pour cueillir roses et lauriers.
C'est pourquoi le dieu de la guerre,
Voulant former des escadrons
Sachant aimer, combattre et plaire,
A pris pour type les dragons.

Dans la rude guerre d'Espagne,
Le fier Castillan et l'Anglais
Ont battu souvent la campagne
A l'approche de nos Français ;
Mais de la trompette guerrière
S'ils entendaient les nobles sons,
Ils criaient, voyant nos crinières :
Sauvons-nous, voici les dragons !

Voyez le chef de cette troupe (1),
Monté sur son blanc destrier
Qui, depuis la nuque à la croupe,
Est rayonnant d'or et d'acier ;

(1) Le colonel Crespin.

Comme il est joyeux sous son maître :
S'il saute, danse ou fait un bond,
C'est qu'il est fier et content d'être
Le noble coursier d'un dragon.

Compagnons que ce lien rassemble
Sous l'aigle de Napoléon,
Montrons le respectable ensemble
De la bravoure et du bon ton,
Et si Lucifer en colère
Venait troubler notre union,
Montrons-lui ce que savent faire
Un vieux lancier, un fier dragon.

A L'ANNIVERSAIRE DE LA NAISSANCE DU PRINCE IMPÉRIAL,

Quand le Colonel des Dragons de la Garde fut nommé commandant de la Légion-d'Honneur, et donna un banquet où il me fit l'honneur de m'inviter.

Air : *Contentons-nous d'une simple bouteille.*

Prince-soldat, que le Dieu de la France
Sur ton berceau daigne semer des fleurs.
Sois à l'abri des maux de la souffrance
Qui de l'enfance font couler les pleurs ;
Si tes vertus, dignes de ta naissance,
Te rendent cher à tous les nobles cœurs,
Prince soldat, c'est le Dieu de la France
Qui sur ta berce aura semé des fleurs.

Gage sacré d'amour et d'espérance,
De tes dragons reçois ici les vœux ;
Sois bon, sois grand, que sans fruit l'indigence
Ne fasse appel à ton cœur généreux.
Quand sur un peuple où ton destin rayonne
Tu brilleras au faîte des grandeurs,
Prince-soldat, c'est Thémis et Bellonne
Qui sur ta berce auront semé des fleurs.

Prince-soldat, en fêtant ta naissance,
Nous admirons la croix de commandeur,
Pour notre chef, insigne récompense,
Et vrai collier du véritable honneur,
Fruits d'outre-mer recueillis en Afrique,
En pourchassant les Bédouins de l'Émir,
Bravant de là l'hiver de la Taurique,
Le vil Tartare et l'inculte Baskir.

LES LANCIERS DE LA GARDE.

Le dieu qui préside à Cythère,
Escorté des Jeux et des Ris,
Descendit un jour sur la terre
Et vint se fixer à Paris;
Impatient de plaire aux belles,
Quittant carquois et bouclier,
Il cacha ses traits et ses ailes
Sous l'uniforme de lancier.

Tout languissait dans l'Empyrée
Depuis le départ de l'Amour;
Vénus justement irritée
Pour le juger forme sa cour.
Le dieu malin quitta la terre,
Certain de se justifier
S'il paraissait devant sa mère
Sous l'uniforme de lancier.

Quand de la trompette guerrière
Les nobles sons retentiront,
A l'ombre de notre bannière
L'Amour et l'Honneur marcheront.
Depuis longtemps, on vit en France,
Pour unir le myrte au laurier,
Marcher l'Amour et la Vaillance
Sous l'uniforme de lancier.

AUX GRENADIERS DE LA GARDE.

AIR : *J'étais bon chasseur.*

Au combat comme au champ d'amour
Faisons briller notre vaillance,
Et surtout jamais demi-tour
En servant Vénus et la France.
Je laisse au platonique auteur,
Couplet friand et douce œillade;
Je m'appelle Va-de-bon-cœur,
Et je n'aime que la grenade.

Un jour, Jupiter enleva
De Cérès la fille adorée ;
La déesse aux enfers entra,
Pauvre mère tout éplorée ;
Mais sitôt que son œil altier
Aperçut la fleur purpurine
Que portait un beau grenadier,
Elle abandonna Proserpine.

Si la grenade plaît aux dieux,
Elle plaît aussi sur la terre ;
Elle orne un guerrier valeureux
Comme le sein de la bergère.
Elle éclate au champ de l'honneur
A l'ennemi qu'elle chagrine ;
C'est l'emblème de la valeur.
Honneur à la fleur purpurine !

LE VOLTIGEUR DE LA GARDE IMPÉRIALE.

—

Bijou des airs au corset d'or,
Charmant papillon tu reposes ;
Bientôt tu prendras ton essor
Pour voler où naissent les roses.
Comme toi, je suis voltigeur,
J'aime la rose fraîche et belle ;
Mais quand je vole au champ d'honneur
Je préfère encor l'immortelle.

Il vole et plane dans les cieux
L'oiseau qui porte le tonnerre,
Et dans son vol audacieux
Il porte la paix et la guerre.
Je le dis : foi de voltigeur,
J'aime la rose fraîche et belle ;
Mais quand je vole au champ d'honneur
Je préfère encor l'immortelle.

Mes amis, soyons francs lurons,
En garnison comme à l'armée.
Non, jamais du nord les Hurons
N'atteindront notre renommée.
Je le dis : foi de voltigeur,
J'aime la rose fraîche et belle,
Et quand je vole au champ d'honneur
Ma fleur chérie est l'immortelle.

Ainsi chantait le voltigeur ;
Sa harpe était sa carabine,
Dont les accents perçaient le cœur ;
La croix brillait sur sa poitrine,
C'était le prix de sa valeur ;
A son serment toujours fidèle,
Quand il revint du champ d'honneur,
Il avait cueilli l'immortelle.

LA TOUR D'OUDON.

Légende du XVe siècle, tirée du roman historique du comte Frédéric Debrue de Malestroit.

Aux bords fortunés où la Loire
Reflète le manoir d'Oudon,
On raconte une vieille histoire
Qui fait pleurer tout le canton ;
C'est celle de Marie,
De la fille chérie
Du bon chancelier Jean,
Sire de Montauban.

Quelle est cette jeune Bretonne,
Au regard plein de majesté,
A l'hermine de sa couronne
Vient s'unir un lys argenté :
C'est la belle Marie,
C'est la fille chérie
Du bon chancelier Jean,
Sire de Montauban.

Pour la main de la châtelaine
Vont combattre en rude tournois
Du Hallay, Tiffauge, Goulaine,
Puis le farouche Malestroit,
Criant : Mort de ma vie,
Ou la fille chérie
Du bon chancelier Jean,
Sire de Montauban.

Son destrier, bouche écumante,
Semble partager son ardeur,
Et de sang sa hache fumante
Devient le sceptre du vainqueur
   Pour la main de Marie,
   Pour la fille chérie
   Du bon chancelier Jean,
   Sire de Montauban.

Ton écharpe, pauvre Marie,
Flotte au brassard de Malestroit;
C'en est fait de ta douce vie,
Le barbare a reçu ta foi;
   Un nœud fatal te lie:
   Adieu, fille chérie
   Du bon chancelier Jean,
   Sire de Montauban.

Six mois après son hyménée,
Par ordre de l'affreux baron,
Vivante elle fut enchaînée
Où dorment les seigneurs d'Oudon.
   Prions Dieu pour Marie,
   Pour la fille chérie
   Du bon chancelier Jean,
   Sire de Montauban.

On dit que sous la voûte sombre
Qui supporte le vieux donjon,
Chaque nuit vient errer une ombre
Qui demande aux gens du canton
   Un *Ave* pour Marie,
   Pour la fille chérie
   Du bon chancelier Jean,
   Sire de Montauban.

A UN MAL-APPRIS

Qui disait que les vieux soldats de l'Empire étaient des cornichons.

AIR *du dieu des bonnes gens.*

Aux cornichons rendons un double hommage,
Car pour nous plaire il offre un double objet :
Il est souvent perfide en persiflage,
Il est toujours très-sûr comme entremet ;
Et, pauvre auteur, si je ne vous amuse,
Si dans mes vers vous ne trouvez du bon,
Vous me criez : Laisse dormir ta muse,
Tu n'es qu'un cornichon *(bis).*

J'étais bien jeune alors que la victoire
De ses lauriers verdoyait nos guérets,
Et que Paris, pour bénir notre gloire,
De l'hymne saint entonnait les versets ;
Mais aujourd'hui, race mal-avisée,
Ces fiers guerriers dont tu citais les noms,
Restes fameux d'une immortelle armée,
Sont de vieux cornichons *(bis).*

Quand un barbon prend femme jeune et belle,
Pour son quartier c'est une hilarité ;
Elle promet d'être toujours fidèle ;
Nous verrons bien si c'est la vérité.

Après six mois d'assez dur esclavage,
Au bon vieillard on présente un poupon :
De votre amour, lui dit-on, c'est le gage.
Ah ! le vieux cornichon *(bis)*.

Le temps sans doute a porté son ravage
Parmi ces preux que l'on vit autrefois,
Du Borysthène aux bords fleuris du Tage,
Combattre, vaincre et couronner des rois;
Mais si du Rhin les rives pacifiques
De la Discorde agitaient les brandons,
Comme entremets les soldats germaniques
Seraient nos cornichons *(bis)*.

DISCOURS

Prononcé sur la tombe du capitaine Wogue, tué à la bataille de Magenta, et ramené à Fontainebleau, sa ville natale.

Messieurs,

Depuis plusieurs années, notre beau pays respirait l'air pur et salubre de la paix; il semblait qu'un nouveau Jason avait couvert notre chère patrie d'une toison d'or; mais bientôt la cruelle Éris lança une pomme de discorde entre la France et l'Autriche : Il fallut combattre.

Nos guerriers, dont les veines sont encore remplies du généreux sang de leurs pères, se présentent hardiment. Leur souverain est leur général en chef; il marche à leur tête; le sceptre de la paix est remplacé par l'épée; l'ombre de l'immortel Desaix est son aide-de-camp; le glaive de Napoléon Ier, météore glorieux, brille, à chaque lever du beau soleil d'Italie, sur les champs de batailles qui ont déjà vu l'aigle incorrigible dont la double tête est allée se reposer un instant sur les tours de Vienne, d'où elle avait été vigoureusement pourchassée pour aller s'abattre à Austerlitz. Faut-il que tant de trophées soient couverts de tant de linceuls! Pourquoi faut-il qu'un regard rétrospectif nous fasse tant regretter, dans un saint frémissement, les qualités et les vertus guerrières de cet enfant de Fontainebleau, le capitaine Wogue, mort au champ d'honneur, déjà décoré de la croix, et que notre deuil ne puisse le retirer de cette froide crypte où sa bravoure l'a fait descendre.

Puisse le Maître éternel, qui tient dans ses puissantes mains le sort des mortels, *quel que soit leur culte*, tenir compte de l'holocauste religieux que lui offrent ses compatriotes.

———

LETTRE D'UN POULAIN A SA MÈRE, MME TROTTE-SEC,

DATÉE DE PRÉ-EN-PAILLE.

C'est d'une étable obscure, ô mère trop chérie,
Que mes hennissements parviendront jusqu'à toi ;
Si le valet doré de ta vaste écurie
Ose se compromettre en te parlant de moi,
De moi, fils d'Abdallah ! que ta froide rudesse
Repoussa de ton sein dès que je vis le jour,
Sans que la voix du cœur, un soupir de tendresse,
N'adoucit mon départ d'un seul regard d'amour.
Était-ce là le sort promis à ma naissance,
Quand des lions du désert affrontant la fureur,
Et coursier belliqueux d'un maréchal de France,
Mon père, de Bugeaud, secondait la valeur ?
Eût-il jamais pensé qu'un poulain de sa race,
Que l'enfant délaissé que tes flancs ont porté,
D'un superbe baudet dût occuper la place
Sans que son noble cœur ne s'en fut révolté ?
Ainsi, pour conserver ta beauté, ta jeunesse,
Pour ménager l'éclat de ton poil argenté,
Ton orgueil de marâtre eut l'insigne faiblesse
De forfaire aux devoirs de la maternité.
Mais je m'arrête ici, car, malgré ma misère,
Malgré les coups affreux dont m'abreuve le sort,
Je ne puis oublier que je parle à ma mère ;
Je me résigne donc en attendant la mort.

HAUTERIVE.

Ces lieux, témoins des jeux de ma première enfance,
De venir y mourir me donnent espérance;
Mais je n'y verrai plus ce cher et bon pasteur
Qui prit soin de former mon esprit et mon cœur,
Alors que le flambeau d'une noire furie
Excitait les suppôts d'une affreuse anarchie,
Et que, contre lui-même, un peuple furieux
S'attirait la vengeance et le courroux des cieux.
Bon père Sébastien, tes vertus, ton grand âge,
Ne t'eussent point sauvé de cet affreux carnage.
Les dames Motheret, saintes des Chevaliers,
Ont ouvert aux proscrits leurs bras hospitaliers,
Et le Dieu de Noé, notre souverain juge,
A fait de leur manoir une arche de refuge.
Non loin des Chevaliers, Elisabeth Chauvin,
Qui du ciel en son cœur portait le feu divin,
A ses sœurs se joignit en ces jours de ravage,
Rivalisant d'ardeur, de zèle et de courage.
Mais comment se soustraire à ces vils assassins
Qui de meurtre et de sang se sont souillé les mains?
Dans un réduit obscur, Elisabeth avise
Un endroit détourné qui servira d'église;
Sur un ancien bahut, vermoulu par les ans,
Un autel est dressé, brûlant d'un pur encens.

Sans redouter la mort qui plane sur sa tête,
Pour Sébastien ce jour est un beau jour de fête.
Comme ces saints martyrs que l'on vit autrefois,
Soldats du saint sépulcre, expirer sous la croix,
Bravant du Musulman le tranchant homicide,
N'ayant qu'un chapelet et leur foi pour égide,
Le ministre du ciel saintement officie,
Pour ses persécuteurs dévôtement il prie,
Et, par l'intercession de son ange gardien,
Dieu préserva les jours du père Sébastien.

On doit se reposer quand on est à mon âge,
Et pour trouver la paix il n'est que le village.

A UNE DAME AMIE DE LA FAMILLE,

EN LUI PARLANT DE LA MORT DE MA FEMME.

—

Je sens toujours filtrer des larmes dans mon cœur,
Je vis dans le chagrin, je vis dans la douleur;
Je suis comme un proscrit qui pleure sa patrie;
J'ai tout perdu, mon Dieu! car perdre, dans la vie,
La femme qui sur nous veille si tendrement,
Ce n'est plus rien avoir, ô quel affreux tourment!
De toujours être seul et la nuit voir en songe
Apparaître ici-bas, comme un riant mensonge,
L'être aimé qu'on regrette... Et quand vient le réveil,
Quand a cessé pour moi le fébrile sommeil,
Dans l'ombre de la nuit j'appelle encor Sophie
Qui ne peut me répondre! ô cruelle insomnie!
O désespoir fatal! Il est vrai qu'ici-bas
L'Éternel a marqué le dernier de nos pas.
Nous courons chaque jour vers une nuit prochaine,
Chaque jour nous perdons un anneau de la chaîne
Qui nous attache ici... Le monde est ainsi fait.
La vie est un voyage, et le bonheur parfait
Ne se trouve qu'au ciel; après l'épreuve amère,
Vient l'heure du trépas, l'heure du cimetière,
Enfin ce long repos, ce suprême avenir
Qui pour l'homme de bien ne doit jamais finir.

Madame, grand merci de vos douces paroles ;
Malgré mon air distrait, mes tendances frivoles,
J'accueille vivement tout mot qui vient du cœur.
En vous associant, madame, à mon malheur,
Je me sens soulagé ; le chagrin qui m'oppresse,
Ces regrets, ces tourments, cette amère tristesse,
Paraissent plus légers quand on a le bonheur
De ne pas être seul à porter sa douleur.
Vous pensez que, peut-être, afin de me distraire,
Afin de prendre pied sur quelque coin de terre,
J'irai bientôt sans doute habiter le hameau
Où le ciel est si pur et le soleil si beau ?
Vous pourriez penser juste, et ma vive douleur
Fait pour moi d'Hauterive un séjour enchanteur.
Ces lieux témoins des jeux de ma première enfance
Allégeraient un peu ma cruelle souffrance ;
Mais je n'y verrais plus ce cher et bon pasteur (1)
Qui prit soin de former mon esprit et mon cœur.

(1) Le père Sébastien Avieu, moine de l'abbaye de Pontigny (Yonne).

Essai sur les contrastes.

—

PREMIER TABLEAU.

—

UNE NUIT AU PÈRE LA CHAISE

APRÈS LA MORT D'UNE FEMME CHÉRIE.

Pourquoi, dans ces beaux jours où mon jeune courage
Avait vu se placer brillante sur mon sein
L'étoile de l'honneur, au printemps de mon âge,
N'ai-je pas vu finir mon trop cruel destin?
Douze fois le marteau sur la cloche sonore
A fait vibrer l'airain, et mon cœur désolé
N'a cessé de pleurer sur celle qu'il adore,
Même après son trépas... Hélas! pauvre isolé,
Errant, abandonné, dégoûté de la vie,
Il ne me reste rien, qu'un pieux souvenir
Des jours que j'ai passés auprès de ma Sophie;
Et pour les oublier je n'ai plus qu'à mourir!
Le lever du soleil a replié les voiles
Qui recouvraient sa cendre en ces lugubres lieux,
Et d'un pâle regard les mourantes étoiles
En partant me font leurs adieux.

Sombre nuit, ton silence était cher à mon cœur;
Demeure parmi nous, avant que la lumière
N'éclaire ces tombeaux, et que dans ma douleur
Je puisse au Roi des cieux offrir cette prière :
« Dieu qui créas Sophie au modèle des anges,
« Reçois-là dans ton sein, et que la harpe d'or
« Des chérubins ailés célèbrent ses louanges
« Quand pour les cieux mon âme aura pris son essor. »
Que je puisse la voir dans la gloire éternelle,
Modèle de douceur, aussi sage que belle.

DEUXIÈME TABLEAU.

MORT DE LA FEMME D'UN FORBAN.

CONTRASTE.

La mer frappe ces bords, et l'onde qui murmure
Promet à mes pareils un beau jour de capture ;
Moi seul, en ce désert où reposent ses os,
La mort viendra me prendre en un lâche repos.
Matelots, branle-bas, noircissez vos haubans ;
Elle est sous ce rocher la fille des forbans ;
Oui, la Louve des Mers, c'était son nom de guerre,
A fait son dernier *quart* sur cette ignoble terre.
Ce fut un soir, après un horrible combat,
Où la Louve des Mers fit mainte action d'éclat,
Que d'un vaisseau marchand la cargaison brillante
Cédait à nos poignards sa dépouille sanglante.
Jamais lionne en fureur défendant ses lionceaux,
Ni l'endurci forçat qui brise ses barreaux,
N'ont rien de comparable à cet enfant du crime,
Dont le bras entassait victime sur victime.
Le sang qui ruisselait sur le pont du vaisseau
Aurait fait frissonner le plus hardi bourreau.

Quand furtifs et repus nous cherchions une plage
Où partager en paix notre immense bagage,
Qu'il était bien lesté notre *Grand Ecumeur* (1),
On eût dit que Neptune enviait mon bonheur ;
Quand le vent, les éclairs, précurseurs du tonnerre,
Brisent notre navire avant d'avoir pris terre,
La vague l'engloutit, et la Louve des Mers
Laissa son corps ici ; son âme... est aux enfers.
Attends, rude moitié, je vais bientôt te suivre ;
Quand la Louve n'est plus, le forban ne peut vivre.
Mort et damnation sous ces flots écumeux,
J'y plonge mes forfaits et les tiens avec eux !

(1) Navire du forban.

BAPTÊME ET BÉNÉDICTION DES CLOCHES

DE LA VILLE DE SEIGNELAY (Yonne), mon pays.

Salut, ô trinité dont la vibrante voix
Invite à l'oraison les bergers et les rois ;
Qu'avec ravissement Seignelay te contemple,
Et pour te voir bénir vole au parvis du temple.
Prenez vos harpes d'or, chérubins radieux,
Accompagnez nos chants qui s'élèvent aux cieux ;
L'étendart de Martial (1) dans les airs se déploie ;
Météore brillant, tissu d'or et de soie ,
Il ombrage le front de ce digne mortel,
Providence du pauvre et ministre du ciel :
C'est monseigneur Mellon, à la mître dorée,
Dont les rares vertus passent la renommée.
Près de ce saint prélat, remarquez le parrain,
C'est Brissac dont le nom va briller sur l'airain,
Comme ses grands aïeux ont brillé dans l'histoire
Par le savoir, les arts et surtout par la gloire.
J'aperçois la marraine... une Montmorency,
Nom qu'immortalisa Bouvines, Brétigny.
Fidèles, écoutez, les tambours, la musique
Viennent prêter un charme à la fête mystique.

(1) Patron de la ville.

Le corps municipal, dont Frottier est le chef (1),
Se place au premier rang, en avant de la nef;
Royer, Vallot, Bravard, frères indissolubles (2),
Dans les stalles du chœur font briller leurs chasubles;
Pigé de Pontigny (3), séculiers et pasteurs,
Qu'entourent en priant nos charitables sœurs
Qui, du ciel ici-bas augustes messagères,
Brillent par leurs bienfaits et leurs vertus austères;
Famille tutélaire, au milieu des combats,
Vous étanchiez le sang de nos vaillants soldats,
Quand trahis par le sort, expirant sous leurs armes,
Ils trouvaient dans vos cœurs des secours et des larmes.
O vous qui visitez le toit de la misère,
La coupe de la vie est pour vous bien amère;
Mais, ô divines sœurs, chantez, chantez pourtant,
Car dans l'éternité l'Éternel vous attend!
Une tête de mort, un crucifix d'ébène,
Sont les tristes atours où votre œil se promène,
Et quand des cœurs mondains prêchent l'impiété,
Le vôtre à prier Dieu met sa félicité.
C'est ainsi, Seignelay, que ce jour mémorable
A la religion doit être favorable,
Puisqu'il a réuni, priant dans le saint lieu,
Le riche, l'indigent, tous égaux devant Dieu.

(1) Maire de la ville.
(2) Pères missionnaires de Pontigny.
(3) Pigé de Pontigny, curé de Villevallier

L'ANGELUS.

Cousin, te souvient-il de l'orme séculaire
Que le temps abattit de sa cruelle faux ?
Du temple d'Hauterive, ombrage tutélaire,
De ses bras de géant protégeant les vitraux,
Et des oiseaux du ciel qui, sous son vert feuillage,
Se réveillant joyeux aux rayons de Phœbus,
Accompagnaient en chœur, de leur plus doux ramage,
L'oraison du matin au son de l'*Angelus*.

En perles de rubis, avant l'aurore éclose,
La fraîcheur du matin fait éclore la rose,
Et bientôt le soleil va, par ses doux rayons,
Du joyeux laboureur féconder les moissons.
Tel qu'au champ des combats, après une victoire,
L'aumônier vient prier pour ceux qui ne sont plus,
Le fermier, en Dieu seul mettant espoir et gloire,
S'agenouille en son champ au son de l'*Angelus*.

Lorsque les blancs agneaux rentrent de la prairie,
Bêlant après leur mère, à la brise du soir,
Que de l'homme des champs la journée est finie,
Il sait qu'il doit encor accomplir un devoir :
Ce devoir journalier est la sainte prière
Quand la cloche sacrée appelle les élus,
C'est l'oraison du soir qui, près du cimetière,
Invoque le Seigneur au son de l'*Angelus*.

LE GUERRIER TROUBADOUR.

Je suis à toi dès que sur mon armure
Le dieu du jour lance ses premiers traits;
Je suis à toi lorsque la nuit obscure
D'un voile noir vient couvrir nos forêts.
Quand sous ma tente une brise légère
Vient rafraîchir le déclin d'un beau jour,
Ton souvenir vient fermer ma paupière,
Et je m'endors plein d'espoir et d'amour.

Je suis à toi quand l'écharpe bénie
Que tu brodas voltige autour de moi;
Gage sacré, des mains de mon amie
Je te reçus pour garant de sa foi.
Ce talisman, dans les champs de Bellonne,
Est mon égide au milieu des combats;
Que le fer brille ou que le canon tonne,
Tout doit céder aux efforts de mon bras.

Je suis à toi, dans la plaine guerrière,
Quand l'ennemi s'incline devant moi;
Si, sous mes coups, il ne mord la poussière,
S'il est sauvé... c'est que je suis à toi.
Je suis à toi quand, après la victoire,
A ton portrait je puis joindre un laurier;
Tes traits chéris, compagnons de ma gloire,
Sont dans mon cœur et sur mon bouclier.

Je suis à toi quand ma harpe sonore
Porte en mes sens doux souvenirs d'amour.
Je suis à toi, je t'aime, je t'adore ;
Je t'aimerai jusqu'à mon dernier jour.
Quand viendra l'heure où la Parque ennemie
Aura pour moi fait tinter le beffroi,
Ces derniers mots seront pour Amélie :
« Je vais mourir étant toujours à toi. »

L'OURS ET LA GAZELLE.

Conte.

Mais pour mon frère l'ours on ne l'a qu'ébauché.
(La Fontaine)

Moins douce était la timide gazelle.
(Millevoie.)

Il était une fois un certain Martin noir,
Ours des plus mal léchés que cornac ait fait voir,
Qui, las de grogner seul, voulut une compagne;
Et le Canadien de se mettre en campagne.
Où porta-t-il ses pas? L'eussiez-vous jamais cru,
Que cet être stupide, bourru, malotru,
Allait choisir une gazelle,
Aussi gracieuse que belle,
Dont le mérite personnel
Était digne d'un colonel.
Douce, modeste, autant que sage,
Brillante des fleurs du jeune âge,
Martin, trouvant le tout charmant,
Lui décocha ce compliment :
« Vous ferez fort bien mon affaire;
« Je suis jeune et taillé pour plaire,
« Et j'ai trois mille francs comptant,
« Acquis bien légitimement;
« C'est un cadeau que feu mon père
« Fit après sa mort à ma mère. »

Après sa déclaration,
L'ours, plein de satisfaction,
D'une façon fort ingénue,
Présenta sa patte velue
A la gazelle qui trembla;
Mais qui bientôt s'accoutuma
A voir cet animal si drôle,
Lequel joua si bien son rôle,
Qu'elle prit son air hébété
Comme une marque de bonté.
Sa voix d'ours un instant roucoulait la romance,
Enfin au dernier point poussa la complaisance;
Bien mieux, pour se donner bon air,
Dos contre terre et ventre en l'air,
De ses pieds il fit voir les plantes,
Comme font au Jardin des Plantes
Ses pareils et nos bons amis,
Que pour nos plaisirs on a mis
Dans une fosse assez profonde
Pour qu'ils n'atteignent pas le monde
Qui, chaque jour, les fait grimper,
Sauter, se rouler, gambader.
Ainsi notre animal pour plaire,
Toujours avec l'air débonnaire,
Sauta, gambada, se roula,
Se livrant même à la polka;
Il faisait beau voir la figure
De la massive créature
S'inclinant d'arrière en avant,
Toujours pour faire le galant.
Sa peine eut bien sa récompense,
Et quelqu'esprit malin, je pense,

Ayant fasciné deux beaux yeux,
Pour Martin tout fut pour le mieux;
On vit le jour des épousailles
Après celui des fiançailles.
De son humeur cachant le fiel,
L'ours, durant la lune de miel,
Se montra quelquefois traitable;
On prétend qu'il devint aimable;
Encore, nous assure-t-on,
Jusque-là c'était un mouton;
Mais reprenant son caractère,
Un jour, de son ignoble serre
De sa femme il couvrit le front!
Souffrit-on pareil affront?
Non, car l'équitable justice
A la gazelle fut propice,
En tranchant le nœud gordien
Qui scellait son fatal lien.

A MON ANCIEN ET NOBLE AMI LE COLONEL DE CARABINIERS DE FEU.

Braves carabiniers, votre armure brillante
Présente du dieu Mars une image vivante.
Pour vous chercher dispute on n'aurait pas beau jeu,
Quand vous avez pour chef un colonel De Feu.

A M. LE PRÉFET

DU DÉPARTEMENT DE SEINE-ET-MARNE,

Commandeur de la Légion-d'Honneur.

Que le département qu'un tel homme administre
Doit se féliciter d'avoir un magistrat
Qui, sage et prévoyant, avait de son ministre,
Par ses soins éclairés, prévenu le mandat!
Soit pour l'instruction de l'ardente jeunesse,
Pour soulager la froide et débile vieillesse,
Son cœur a tout compris et son œil paternel
N'a rien fait de léger, ni de superficiel.
Il a d'abord tranché ce fatras d'écritures
Qui font perdre du temps en oisives lectures;
Un entier laconisme entra dans ses bureaux;
Les discours en deux mots sont pour lui les plus beaux,
Et, dans ses arrêtés, jamais une équivoque
Ne dérangea projet formé pour telle époque.
Officier distingué de l'Université,
Dans les sciences, les arts, partout il est cité.
S'agit-il d'inspecter les écoles primaires,
Il se rend sur les lieux accompagné des maires.
Le maître et l'écolier, dans ces lieux de labeur,
De le voir un instant tiennent à grand honneur;
C'est pour eux un grand jour de fête et de liesse,
Où l'étude a fait place à la vive allégresse.

Dans ses inspections, que le savant Ernaux
Soit son aide-de-camp et son porte-drapeau.
Ainsi semait son grain dans la Terre-Promise
Le grand législateur, le prophète Moïse';
Son peuple, dans l'enfance, à la voix du Seigneur,
Se soumit à sa loi, plein d'amour et d'ardeur.
Les travaux du grand homme ont fait sa renommée,
La moisson appartient à qui l'aura semée.
Celui que dans ces vers chante ma faible voix
Fut administrateur et guerrier à la fois;
Avant d'être préfet, il était capitaine.
Le cabinet, les camps, tout est de son domaine.
Eh! n'avons-nous pas vu, dans le premier Empire,
Des généraux préfets qu'ici je veux inscrire?
Je citerai d'abord Martin et Kerverseau,
Castellanne, Lametz, portant haut leur drapeau,
Qui, s'étant illustrés par des faits héroïques,
Ont aux lauriers des camps joint les palmes civiques.
Comme eux, Bourgoing, quittant le poste de guerrier
Et tournant ses regards vers le soc nourricier,
Sept ans il dirigea avec intelligence
Les rustiques travaux qui donnent l'abondance.
L'ovation qu'il reçut du Conseil général
N'est point un compliment, un éloge banal,
C'est le pur sentiment d'un noble aréopage
Qui jamais ne donna vainement son suffrage.
Pour couronner ses vœux, notre auguste Empereur
L'a nommé commandant de la Légion-d'Honneur.

PETITS MADRIGAUX.

A madame d'I**.

L'ÉVENTAIL.

Un modeste éventail, quoique fort gracieux,
Léger comme une plume, indiscret, curieux,
Jaloux de la splendeur dont brille son confrère,
L'aborde en lui disant : Seigneur, quel sort prospère
A fait d'un chasse-mouche un si rare bijou.
Venez-vous du Brésil, de l'Inde, du Pérou?
— Hélas! de tant de maux ma grandeur fut suivie
Que pour la raconter je passerais ma vie.
D'un monarque africain, chasse-mouche orgueilleux,
Je brisai d'un seul coup le trône et la puissance;
En insultant l'élu d'un peuple belliqueux,
J'attirai sur Alger les armes de la France.
— Mon frère, votre sort, auquel je m'intéresse,
Est affreux, j'en conviens; mais il est mérité;
Au lieu d'aller trôner au sein de la mollesse,
Sur les sofas dorés d'un sérail éhonté,
Il fallait comme moi, puisqu'il faut le dire,
Diriger avec art les ailes de Zéphire
Sur les divins appas d'une chaste beauté.

LE CHAPEAU.

Chapeau, qui te contestera
Grâce, fraîcheur, riche parure;

Las... tout cela s'éclipsera
Quand j'ombragerai sa figure.

LE COLLIER.

Collier, bijou charmant, que le sexe idolâtre,
De perles, de rubis, ornement précieux,
Ton éclat scintillant nous semble merveilleux
Lorsque tes chaînons d'or ornent son cou d'albâtre.

L'OMBRELLE.

De nacre et de satin, égide tutélaire,
De l'ombre des bosquets puissant auxiliaire,
Nous rendons tous hommage à ton utilité,
Quand des traits de Phœbus tu défends la beauté.

LE CHALE.

Des rives de l'Indus en notre belle France
Tu nous fus envoyé pour parer la beauté ;
Qu'importe ta couleur : bleu, vert, noir ou garance,
Tu remplis ta mission avec fidélité.

———

LE CIGARE.

Air : *Le Fil de la Vierge* (imitation).

Pauvre feuille, en spirale artistement formée
Pour mon bonheur,
Viens-tu de Maryland, la bourgade famée
Par le fumeur ?
Viens-tu d'un flibustier dont la voile furtive
A su trahir
De l'inspecteur malin la routine attentive
A te saisir?

Qu'un chétif boutiquier, buveur d'eau, pince-maille,
Qu'un vrai grigou
Se prélasse en fumant un cigare de paille,
Si c'est son goût.
Pour moi, vrai d'Artagnan, quand ma muse enflammée
Par le bon vin,
Régalias en mes doigts viens te perdre en fumée,
C'est ton destin.

Adieu, cigare ami, je t'aime pour la vie ;
Mais ne vas pas
Délecter un palais dont l'odeur asphyxie
A vingt-cinq pas.
Qu'une aimable sylphide, à la lèvre de rose,
Aux blanches dents,
Distille ton parfum de sa bouche mi-close
Sur ses amants.

ESPÈCES DE JEUX DE MOTS.

Quand de tirer l'épée il lui prend la manie,
On prétend qu'assez bien, parfois, il la manie.

Il me marque une, deux tirant au mésentère,
Je riposte sur quarte et je le mets en terre.

Cette nuit, réveillé par le cri des matoux,
Je faillis succomber étouffé par ma toux.

Ce vaisseau pavoisé, qui semble une merveille,
Sait que pour l'engloutir nuit et jour la mer veille.

www.ingramcontent.com/pod-product-compliance
Ingram Content Group UK Ltd.
Pitfield, Milton Keynes, MK11 3LW, UK
UKHW021004180726
13838UKWH00003B/1440